Cᵗᵉ DE LA FÈRE

EN

CHEMIN DE FER

COMÉDIE ANGLO-FRANÇAISE

EN UN ACTE

SAINT-MALO

YVES BILLOIS, IMPRIMEUR

8, Rue Robert-Surcouf, 8

—

1888

EN

CH·EMIN DE FER

COMÉDIE ANGLO-FRANÇAISE

EN UN ACTE

Cte DE LA FÈRE

EN

CHEMIN DE FER

COMÉDIE ANGLO-FRANÇAISE

EN UN ACTE

SAINT-MALO

YVES BILLOIS, IMPRIMEUR

8, Rue Robert-Surcouf, 8

—

1888

PERSONNAGES :

Mme BLATCHFORD, américaine......... Miss B. GORDON.

Miss DORA HERBERT, anglaise........ Miss FORBES.

GEORGES DE BOISFLEURY.......... Cte DES FRANCS.

UN EMPLOYÉ .... * * *

LE RÉGISSEUR .... Sir G. COLTHURST.

PROLOGUE

(Au public.)

Ladies and Gentlemen,

The comedy we have the honour to present before you, takes place in a waiting-room and in a railway-carriage.

The first idea of the stage manager who wished to leave nothing to be desired to make the illusion complete, was to ask the Chef de Gare de Dinard, to lend him a carriage. On second thoughts however, he feared the Cie de l'Ouest might object to lend their property, and there was also to be considered the little difficulty which might arise to get it into this room. He therefore saw himself obliged to give up his first intention

I am, in consequence, requested, Ladies and Gentlemen, to express his regret, to ask your indulgence, and to beg you will imagine that these six chairs represent a 1st class compartment with all its belongings.

Having explained this to you, I will leave the stage to the actors and the play will at once begin.

EN

CHEMIN DE FER

SCÈNE Ire

La salle d'attente. On entend au fond la voix des employés criant :
« Les voyageurs pour la ligne de Paris, Rennes, Vitré, Fougères,
en voiture ! »

UN EMPLOYÉ, entrant dans la salle.

— Ligne de Paris en voiture !... Personne ! c'était
bien la peine de m'égosiller à appeler les voyageurs ! Pas étonnant avec un froid pareil ! (il s'avance)
quelle diable d'invention que les chemins de fer, tout
de même ! Autrefois, du temps des diligences, on chan-
geait beaucoup moins de place. Aujourd'hui qu'on
voyage vite et à bon marché, c'est à qui trouvera un
prétexte pour se transporter de tous les côtés, en
emmenant avec soi femmes, enfants, tout le bibelot,

quoi! A-t-on idée de ça! Est-ce que je voyage, moi? Ces gens-là ne peuvent donc pas rester tranquillement chez eux, au lieu de venir nous embêter toute la journée avec leurs questions stupides : — Monsieur l'Employé, où est mon train? — Monsieur l'Employé, vous n'avez pas vu mon gars? — Est-ce que je le connais, moi, vot'gars? Vous ne me l'avez pas donné à garder? — Est-il enregistré? — Oui, eh bien cherchez-le! — Quel chien de métier, et ce qu'il en faut de patience!

Sifflet de locomotive au dehors.

Allons bon! voilà le 427 qui arrive! (Il regarde à sa montre) « 3/4 d'heure de retard... c'est toujours comme ça! Misère, va!

Il se dirige vers la porte en grommelant.

SCÈNE II

Mme BLATCHFORD, L'EMPLOYÉ

L'EMPLOYÉ, à Mme Blatchford qui entre.
— Madame a son billet?

Mme BLATCHFORD

— Oui, Monsieur ; (elle le lui montre) A quelle heure part le train pour Morlaix, je vous prie?

L'EMPLOYÉ

— Dans vingt minutes, Madame. Vous avez bien le temps. Je préviendrai Madame quand il sera annoncé.

Mᵐᵉ BLATCHFORD

Merci bien.

(l'Employé sort.)

SCÈNE III

Mᵐᵉ BLATCHFORD, seule. (Elle dépose son sac de voyage, sa couverture et ses journaux sur une chaise, et s'installe devant la cheminée.)

How deplorable all the arrangements for ones comfort are at the stations in France! In this waiting-room there is a fire-place certainly, but the two or three bits of coal have carefully been covered with ashes for fear they might burn... and I am frozen. I shall try what a little judicious poking will do to make up a blaze... I do hope my cousin Dora wont be late! She is so unpunctal! She is always beeing teased about it, which, I must allow, seems to affect her peace of mind very little.

If, as is possible, she were to marry a frenchman, a soldier, the incarnation of punctuality, she would have to change her ways; and she might perhaps, to please her husband. I have really known women change the habits of a life time to please their husbands... just at first. But she actually does not seem to be coming. How tiresome! What will Madame de Kerminhic say if I arrive without her? She said she so particularly wish to present her nephew to Dora : an officer whom she declares is charming, good looking and rich, which as she appears bent on making a match, is rather lucky, as Dora, poor dear, is pretty, clever and accomplished : but she has no fortune. It's true she is an orphan : so you would have no mother in law, which certainly ought to count for something.

L'EMPLOYÉ, entrant.

Ligne de Brest, en voiture !

Mme BLATCHFORD, se levant.

— Dear me! she positively is going to be left !... (à l'employé). Tenez, prenez ceci, et puis cela — Ah! mon journal que j'oubliais !... mon cher *New-York Herald !*

SCÈNE IV

Miss HERBERT, paraît au fond.

— My dear friend, here I am at last ! I really thought I'd missed the train !

Mme BLATCHFORD

— And a pleasant position I should have been placed in! Do you see my entrance into the château : the long face of Mme de Kerminhic. Where is Miss Dora ? Is the dear child ill ? What could I have said ?

Miss HERBERT

— Oh ! I daresay, on the spur of the moment, you would have got cleverly out of it, with a charming french phrase of excuse. But, as I am here, your imagination will not be taxed — well, lets be off!

Elles ont suivi l'employé qui les installe dans un compartiment et s'éloigne.

Miss HERBERT

— That stupid Jean-Marie forgot my bag : just fancy we had to go back a couple of miles and I was in such fright I should be late ! What's the news in Paris ?

Mme BLATCHFORD

— I have not read my paper yet. French politics I'll confess do not interest me, being an american. Revolutions dont agitate me : they serve only to lose ones time, ones temper and ones money, and you know we dont like losing any of the three.

Miss HERBERT

Nothing new, then! By the way my aunt was very mysterious about this visit to Mme de Kerminhic...

Sifflet de l'Employé.

SCÈNE V

Georges de Boisfleury sort en courant de la salle d'attente, une petite valise à la main.

BOISFLEURY

— Eh! Monsieur l'employé! une minute, que diable!

L'EMPLOYÉ

— Dépêchons, Monsieur, depêchons! le train part!...

Il le pousse dans le wagon et donne le signal du départ.

SCÈNE VI

BOISFLEURY, très poli.

— Je vous demande pardon de vous déranger, Mesdames! vous permettez?

Il dépose son sac sur la banquette à côté de Mme Blatchford qui s'incline sans répondre.

Mme BLATCHFORD, à Miss Dora.

— How tiresome ! I thought we should have the carriage to ourselves ! Why could' nt that man have got in somewhere else ?

BOISFLEURY, à part,

— Ces Anglaises sont extraordinaires ! Elles se figurent que personne ne comprend leur langue. Si elles se doutaient que je la parle presqu'aussi bien qu'elles ! Au fait, ça sera peut-être très drôle ce qu'elles vont se dire ! feignons l'ignorance et écoutons.

Il s'installe dans son coin et regarde la campagne.

Miss HERBERT, examinant Boisfleury.

— Well, I must say we might have been worse off. He is rather a decent looking fellow.

BOISFLEURY, à part.

— Elle me flatte (Examinant Dora à son tour) Elle n'est pas mal du tout cette petite... ni son amie non plus ! Quelle excellente inspiration j'ai eue de monter dans ce compartiment !

Mme BLATCHFORD, à Dora

— Newtheless... I do not care to be shut up in this way with a strange man... a frenchman too ! They are disposed to be familiar and what they call politeness often becomes impudence.

BOISFLEURY, à part

— Elle est dure pour nous, la petite dame !

Miss HERBERT

— Oh ! I don't think there is any danger. If he speaks to us, all we have to do is not to answer him. It is'nt for long : we get out at Morlaix.

BOISFLEURY, à part.

Tiens, tiens, tiens !

Mme BLATCHFORD

— Well we shall see (Elle prend un journal et lit :) « The Paris police think they are on the track of the assassin of the prefet de l'Eure. It is supposed to be a ticket of leave man recently escaped from New Caledonia, and who has just returned to France. He is a young man, very dark, tall and thin and with very good manners.

Elle interrompt sa lecture pour jeter un regard sur Boisfleury.

BOISFLEURY, à part.

— Qu'est-ce qu'elles ont donc à me regarder comme cela ?

Mme. BLATCHFORD, à Dora.

— The description is just that of our neighbour...
but that's nonsense ! (Elle referme son journal).

BOISFLEURY, à part.

— Ah ! ça c'est trop fort, par exemple !

Miss HERBERT

— I did'nt know, my dear Emily, you were so
nervous !

(On entend une détonation. — Boisfleury se penche au dehors et
parle à l'employé).

BOISFLEURY

— Eh ! conducteur ! Qu'est-ce qu'il y a ? Pourquoi
s'arrête-t-on ici ?

L'EMPLOYÉ

— C'est un pétard placé sur les rails pour avertir
que la voie n'est pas libre. Le brouillard s'est beaucoup
épaissi depuis quelques instants. Il doit y avoir un
train en détresse devant nous. J'ai envoyé le serre-
freins du wagon de queue nous couvrir en arrière, car
l'express 219 nous suit à très peu de distance.

Mme BLATCHFORD, à Boisfleury.

— O mon Dieu ! qu'est-ce que c'est ? Monsieur, un accident ? Que dit cet homme ?

BOISFLEURY

— Soyez sans crainte, Madame, il n'y a pas le moindre accident. Nous attendons seulement que la voie soit dégagée. Toutes les précautions sont prises, rassurez-vous.

Mme BLATCHFORD, à Dora.

— What did I say ? I knew we should have something disagreeable happen with this man !

BOISFLEURY

— Ah ! voilà le chef de train qui fait signe que nous pouvons nous remettre en marche. Nous en serons quittes avec quelques minutes de retard... heureusement, car il faut absolument que je sois arrivé à destination avant la nuit.

Miss HERBERT

— Vous allez à Brest, Monsieur ?

BOISFLEURY

— Pas tout-à-fait aussi loin, Mademoiselle ; mais si

je n'étais pas là à l'heure indiquée, cela me contrarierait beaucoup... (avec sérieux) beaucoup ! C'est une affaire de la plus haute importance !

Mme BLATCHFORD

— Est-ce qu'il y a quelquefois des accidents sur cette ligne ?

BOISFLEURY

— Mon Dieu, Madame, je ne saurais vous le dire... car il y a fort longtemps que je ne suis venu par ici. De retour d'un long voyage sur mer, j'ai débarqué au Havre avant-hier seulement. Quoiqu'il en soit, je puis vous affirmer que les accidents de chemin de fer sont heureusement très peu nombreux en France.

Miss HERBERT

— Les trains vont si lentement !

BOISFLEURY

— Si lentement ! C'est peut-être beaucoup dire. Il est certain que nous ne marchons pas à l'allure de la Malle d'Irlande ni du rapide de Marseille. Non, croyez-moi : nos chemins français offrent aux voyageurs toutes les sécurités possibles... et à part quelques agressions, fort rares, du reste, et dont les compagnies ne sauraient être responsables...

Mme BLATCHFORD

— Des agressions ! Que voulez-vous dire ?

BOISFLEURY, à part

— Où veut-elle en venir? (Haut) Vous devez avoir entendu parler de l'attentat commis près de Bordeaux sur un malheureux voyageur qui a presqu'été assassiné dans son wagon.

Miss HERBERT, émue

— Pour le voler, sans doute ?

BOISFLEURY

— Pour le voler, oui, Mademoiselle. Le scélérat a réussi à s'échapper.

Mme BLATCHFORD

— Mais on l'a repris depuis, j'espère ?

BOISFLEURY, simplement

— Mon Dieu non, Madame..... il court encore..... comme tant d'autres... sur lesquels la police n'a jamais pu mettre la main. (Les deux dames se regardent avec effroi.(L'infortunée victime a bien tenté de tirer le bouton d'alarme : mais il ne fonctionnait pas... ça ne fonctionne jamais ces instruments-là ! — Et tenez, je suis convaincu que si, ce qu'à Dieu ne plaise, vous aviez en ce moment à vous servir de celui qui est là, il ne serait d'aucune utilité.

Mme BLATCHFORD, vivement

— Vous croyez ? (Elle fait mine de toucher le bouton.)

BOISFLEURY, sévèrement

— N'essayez pas ! celui-ci n'aurait qu'à marcher, par hasard !... et ça coûte très cher de manœuvrer ces petites choses-là, « sans nécessité absolue, » c'est écrit !

Mme BLATCHFORD, à Dora

— A horrible idea has just struck me. O Dora, lets call for help. — We must get out of this carriage at once.

Miss HERBERT

— Do you know, I really don't think he looks like a murderer !

Mme BLATCHFORD

— I am not so sure ! I have been told murderers often look quite respectable. Appearances are so deceitful !

BOISFLEURY, à part

— Elles ont de moi une peur atroce, les pauvres femmes !

Miss HERBERT, à Mme Blatchford

— Perhaps the best way is to enter into conversation with him and make one's self so agreeable he will forget to attack us... (à Boisfleury) Monsieur !

BOISFLEURY

— Mademoiselle?

Miss HERBERT

— Croyez-vous, Monsieur, que l'on puisse reconnaître au premier abord si l'on a devant soi un de ces hommes dangereux...

BOISFLEURY

— C'est bien difficile, Mademoiselle. Certains individus ont poussé si loin l'art de la criminalité, si je puis m'exprimer ainsi, qu'ils sont arrivés à exercer sur leurs victimes une fascination surprenante. C'est en réalité l'hypnotisme mis au service du crime. Vous savez que certaines personnes ont le pouvoir d'annihiler, en quelque sorte, la volonté de leur sujet, et de leur imposer la leur.

Mme BLATCHFORD, très émue

— Oui, je sais... (à Dora) How he is staring at us !

BOISFLEURY, continuant

J'ai beaucoup travaillé moi-même les phénomènes produits par l'hypnotisme et j'ai obtenu, dans diverses circonstances, par la force seule de la volonté et du regard, des résultats qui ont dépassé toutes mes espérances. Malheureusement, depuis quelque temps, il ne m'a pas été permis de continuer mes expériences, notre commandant ayant horreur de ces sortes de choses et nous les défendant expressément.

Mme BLATCHFORD, à Dora.

— It is the man ! there can be no doubt about it !

Miss HERBERT

— Alors, Monsieur, vous avez renoncé à ces coupables tentatives !

BOISFLEURY, souriant.

— Oh... coupables !... vous exagérez, Mademoiselle. Une fois que cette passion, car c'en est une, s'est emparée d'un homme, il lui est difficile de ne pas chercher à la satisfaire... et maintenant que je suis libre, qu'aucune surveillance ne pèse plus sur moi, j'avoue que je saisirai avec joie toutes les occasions de me replonger dans cette étude favorite.

Mme BLATCHFORD, inquiète.

— Ce sont les hommes seulement que vous magnétisez, n'est-ce pas, Monsieur ?

BOISFLEURY

— Pardon, Madame : les femmes, au contraire, d'une nature plus impressionnable, plus nerveuse, sont par conséquent des sujets plus aptes à ressentir les effets du fluide. — Mais vous pâlissez, Madame... seriez-vous souffrante ? on dirait que vous allez vous évanouir ? (à part) Diable, je suis peut-être allé un peu trop loin ! Permettez-moi de vous offrir. . (il fouille dans son sac et en retire un revolver et un poignard) — un flacon de sels... que je porte toujours avec moi.

Mme BLATCHFORD, tombe à genoux.

— Grâce, Monsieur, je vous en supplie ! par pitié, ne nous faites pas de mal ! Je sais qui vous êtes... croyez bien que nous ne dirons jamais...

Miss HERBERT, à genoux.

— Nous n'avons pas d'argent sur nous, mais prenez

nos bijoux, nos bagues (elle retire les siennes et les lui offre). Mais au nom du Ciel, s'il vous reste encore quelques bons sentiments, ne nous tuez pas, Monsieur, ne nous tuez pas !

BOISFLEURY

— Mais, Mesdames, vous êtes dans l'erreur... je n'ai pas l'intention...

Mme BLATCHFORD, palpitante.

— Oui, Monsieur, vous êtes bon, au fond, je le sais, je le crois... vous avez été entrainé en dépit de vous-même à des actes criminels que vous regrettez aujourd'hui, j'en suis sûre !

BOISFLEURY

— Je vous jure que jamais de ma vie je n'ai fait de mal à personne... à de jolies femmes comme vous, surtout ! Ma conduite passée...

Mme BLATCHFORD

— N'essayez pas de le cacher, Monsieur, nous avons tout deviné... vous êtes le... le malheureux qui s'est livré envers le Préfet de l'Eure, à une agression si terrible. Vous avez réussi à vous enfuir de Nouméa. Mais je vous jure que nous ne vous trahirons pas...

Miss HERBERT

— Oh! non, Monsieur, jamais !

BOISFLEURY, souriant.

— Vous vous trompez étrangement, Mesdames, et je suis en ce moment victime, moi-même, d'une ressemblance épouvantable. Je me nomme Georges de Boisfleury, capitaine d'infanterie de Marine.

Mme BLATCHFORD, surprise.

— Comment, Monsieur, vous seriez.... ou plutôt, vous ne seriez pas...

BOISFLEURY

— Je ne suis pas, Madame, le misérable que vous croyez. J'arrive en effet de Nouméa, où j'avais été envoyé en mission par le Gouvernement français... et en ce moment je vais passer un congé de six mois aux environs de Morlaix, chez ma tante, Mme de Kerminhic.

Mme BLATCHFORD et DORA.

— Mme de Kerminhic ! Mais c'est là que nous nous rendons nous-mêmes! Comment, elle est votre tante? Ah! que c'est donc bien à vous d'être le neveu de Mme de Kerminhic !

BOISFLEURY

— Je suis doublement heureux de cette parenté qui me permet d'abord, Mesdames, de vous tranquilliser et qui me procurera ensuite l'honneur de vous être officiellement présenté.

Miss HERBERT, à Mme Blatchford

— O Emily, suppose this was the officer who was to be. .

Mme BLATCHFORD

— Well... and if it were ? I begin to think he is not se bad after all. (A Boisfleury): Croyez bien, Monsieur, que nous sommes désolées de cette ridicule méprise.

BOISFLEURY

— N'insistez-pas, Madame. C'est moi qui dois vous demander pardon de l'indiscrétion que j'ai commise en écoutant votre conversation... car je comprends parfaitement l'anglais, vous savez !

Miss HERBERT

— Alors, Monsieur, vous avez entendu toutes nos réflexions sur vous ?

BOISFLEURY

— Je n'en ai pas perdu une seule... Et j'avoue que plus j'écoutais ces paroles sortant de votre jolie bouche, plus je vous regardais... et plus je me disais en moi-même.....

Miss HERBERT, vivement

— Vous vous disiez ?

BOISFLEURY

— Que ma tante n'avait point exagéré en m'écrivant que vous étiez charmante et qu'elle était certaine que nous nous comprendrions tout de suite.

L'EMPLOYÉ

— Morlaix ! Morlaix ! Tout le monde change de voiture.

Ils descendent.

Mme BLATCHFORD

— Venez-vous avec nous jusqu'au château, Monsieur de Boisfleury ?

BOISFLEURY

— Pas aujourd'hui, malheureusement, Madame, car

j'ai quelques affaires qui me retiendront ici jusqu'à demain.

Mme BLATCHFORD, lui tendant la main

— A demain donc et... au revoir !

Miss HERBERT, lui tendant la main

— Au revoir... à bientôt !

BOISFLEURY, la regardant

— A bientôt... (plus bas) à toujours, si vous voulez !

FIN